W9-ABR-898

¡Tiempo de calabazas!

POR **Zoe Hall**

ILUSTRADO POR

Shari Halpern

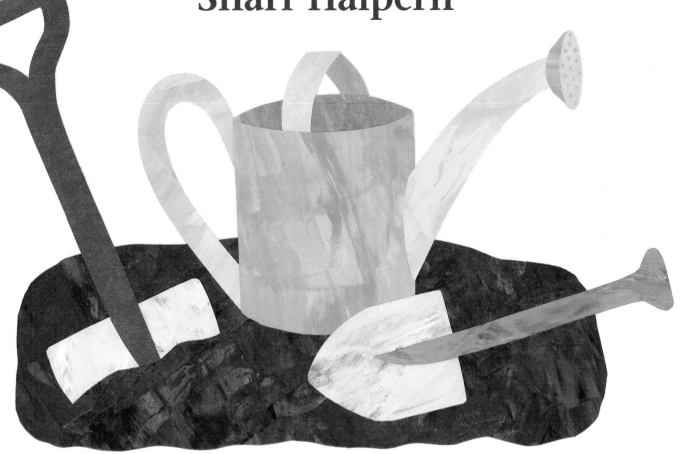

SCHOLASTIC INC.

New York Toronto London Auckland Sydney
Mexico City New Delhi Hong Kong

Originally published in English
as *It's Pumpkin Time!*

Translated by Miriam Fabiancic.

This book was originally published in English in hardcover by the Blue Sky Press in 1994.

ISBN 0-439-18731-1

Library of Congress catalog card number: 99-087881

12 11 10 9 8 7 6 5 4 3 2   03 04 05

Printed in the United States of America   40

First Scholastic Spanish printing, September 2000

Agradecemos especialmente a Ellen Weeks, del Cooperative Extension System de la Universidad de
Massachussetts, y a Jan Danforth, de la Asociación Internacional de Calabazas (International Pumpkin
Association, Inc.), por su sabios consejos sobre las calabazas. Si desea más información sobre cómo
cultivar y cocinar calabazas, puede escribir a: International Pumpkin Association, Inc.,
2155 Union Street, San Francisco, California 94123.

Las ilustraciones de este libro se crearon con una técnica de collage con papel pintado.

Diseño de Kathleen Westray

Durante todo el verano, mi hermano y yo nos preparamos para nuestra fiesta favorita.

¡A que no adivinas cuál es!

¡Halloween!
¡A que no adivinas qué hacemos para prepararnos!

¡Plantamos lámparas de calabazas!

Primero, yo remuevo la tierra con la pala y mi hermano hace surcos con la azada de una pulgada de profundidad.

Luego ponemos semillas de calabaza y
las cubrimos con tierra.

Las regamos y esperamos a que el sol les dé calor.

Al poco tiempo a las semillas les salen raíces y empiezan a asomar los primeros brotes verdes en la tierra.

Los brotes se convierten en tallos y los tallos crecen.

Todas las semanas los regamos y arrancamos las malas hierbas.

Muy pronto salen los capullos de las flores.
En cada lugar donde hay una flor amarilla
va a crecer una calabaza.

Al principio las calabazas son verdes y pequeñas,

luego se hacen grandes

y más grandes.

Ya está llegando el otoño y nuestras
calabazas cambian de color: verde, amarillo...

...¡y anaranjado! Ya se pueden cosechar.

¡Nunca habíamos tenido
calabazas tan grandes!

Mamá y papá nos ayudan a cortarlas de las matas.
Las colocamos en la carretilla y las llevamos a casa.

¡Por fin es Halloween!

Dibujamos caras en nuestras calabazas,
y luego mamá y papá nos ayudan a cortarlas,
a vaciarlas y a encender las velas que ponemos adentro.

¡Ahora son lámparas de calabaza para Halloween!
Ésta es mi favorita.
¡A que no adivinas qué
hacemos luego!

¡Nos disfrazamos! Es hora de salir a pedir caramelos.

¡Feliz Halloween!

Cómo crecen las semillas de calabaza bajo la tierra:

semilla

1. Se planta la **semilla** en la tierra a una pulgada de profundidad.

raíz

2. Al cabo de unos días, sale una **raíz** que crece hacia abajo.

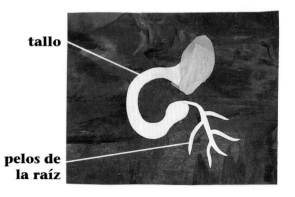

tallo

pelos de la raíz

3. Comienza a crecer un **tallo**. Los **pelos de la raíz** absorben el alimento para que la planta crezca.

tallo   cáscara

4. El **tallo** crece hacia arriba. En la punta están las pequeñas hojas muy apretadas. La **cáscara** de la semilla se queda en la tierra.

hojas de la semilla

tallo

5. El **tallo** sale a la luz. Las **hojas de la semilla** se abren. La cáscara empieza a romperse.

hoja de calabaza

6. Crece la primera **hoja de calabaza**. A partir de ahora, todas las hojas que salgan tendrán los bordes dentados, como ésta.